Papa de la reine des glaces

Roberta Blackmore

Contenu

Sommaire

Avery Blanc est connue comme la "reine des glaces" du monde de l'entreprise parce qu'elle est glaciale, redoutable et précise. Cependant, sa vie n'est pas aussi parfaite qu'elle en a l'air et lorsqu'elle tombe enceinte après une rencontre involontaire d'une nuit, elle est résolue à garder l'enfant. Afin d'apaiser sa famille, elle fait jouer à sa séduisante secrétaire le père de l'enfant et son fiancé. En réalité, Tristan Hayes est le faux papa et la fiancée de son employeur, bien qu'il ait postulé pour un emploi de secrétaire. Au fur et à mesure qu'il apprend à connaître Avery, il en vient à tomber amoureux d'elle, mais les mystères entourant sa véritable identité menacent de détruire tout ce qu'ils ont construit ensemble.

Chapitre 1 - Une nuit inoubliable

Un abruti égoïste qui ne pense qu'à lui-même. L'offre a été rapidement rejetée par Avery Blanc, qui s'est concentrée sur son travail. Mais la concentration était insaisissable. Douglas Marsh a construit une carrière en manipulant les autres à ses propres fins. En la matière, elle était l'experte incontestée. Pour autant qu'elle en sache, l'offre était son ultime effort pour l'énerver. Pour rester dans la tradition. Compte tenu de la façon dont les choses s'étaient conclues entre eux, il était prévisible qu'il ferait quelque chose comme ça. son mariage. Elle redressa le dos et leva le menton tout en fixant intensément son ordinateur portable. Il n'était pas nécessaire que le PDG de l'une des sociétés les plus prospères de New York s'en prenne à son ex, qui était un imbécile sans valeur. " Merci", mais sa bouche était scellée. Il n'était pas nécessaire de déranger sa solitude pour le moment. Cependant, sa secrétaire s'est comportée comme si elle n'en était pas consciente, comme c'est sa coutume. Il s'assit à son bureau, fixant distraitement sa poubelle. Comme dans "Est-ce que tout va bien?" Un point d'interrogation apparut dans ses yeux. Tu es un peu planante, semble-t-il. Un soupir s'échappa du cuir moelleux alors qu'elle se détendait dans son siège. Elle croisa les bras sur sa poitrine et le regarda avec une expression perplexe. Elle vit sa tentative consciente d'empêcher son regard de s'égarer sur ses jambes. Il faisait un effort concerté pour éviter d'attraper accidentellement l'ourlet de sa jupe chère alors qu'elle remontait sur ses cuisses. Elle ne pouvait pas dire qu'elle n'aimait pas la façon dont elle faisait sentir les gars. ça. » Alors qu'il bougeait, il se sentait un peu déplacé. Comment expliquez-vous cela? " " Vous semblez simplement avoir un sixième sens au sujet de mes exigences. " Un sourire d'accomplissement apparut sur son visage, et elle regarda avec admiration. La vue de celui-ci provoqua un serrement dans sa poitrine. Sauf que maintenant, dit-elle, sa voix d'acier et glaciale. Son sourire disparut en un instant. assise sur son bureau. Tu n'aurais pas dû frapper à ma porte puisqu'elle est fermée. ajouta-t-elle brusquement. Les paroles qu'elle lui avait dites étaient comme un glaçon qui s'enfonçait droit dans son âme. Au lieu de se sentir déprimée, Avery a pu trouver un peu de réconfort. Son nœud intestinal s'est desserré à la vue de son visage tourmenté. La tension qui ne s'était pas relâchée depuis qu'elle avait accepté cette invitation peu judicieuse. Je m'excuse, Miss Blanc. Désolé si je vous ai offensé. Sortez, elle lui lança un regard noir. Alors qu'il se levait de son bureau, Tristan soupira et eut l'air vaincu. Il a continué jusqu'à ce qu'il se tienne devant la porte de son bureau, à quel point il s'est retourné. S'il vous plaît, dites-moi s'il y a autre chose que je peux vous apporter. Pour elle, peu importait ce qu'il ressentait en ce moment. Tout ce qui s'était passé était de sa faute depuis qu'il était entré de force. s clientèle privilégiée et autres de statut social similaire. C'est un club exclusif, et personne d'autre n'est le bienvenu. Les clients pouvaient faire ce qu'ils voulaient, avec qui ils voulaient, sans se soucier des tabloïds du lendemain. Avery commanda un "dirty martini" au barman et s'assit. De plus, veuillez continuer à les envoyer. Avery a bu son premier martini pour tenter d'apaiser son irritation, mais cela a eu l'effet inverse. Elle en bouffa une autre et son impatience grandit. Le barman se pencha en avant sur le comptoir et dit : « Laisse-moi deviner. "Il y a quelque chose que tu dois chasser de ton esprit." "Je peux" Je ne crois pas à son arrogance, pour la vie de moi!" Je veux dire, je suis là, essayant de faire sortir ce gars de mon esprit pendant les cinq dernières années, et il m'invite à son mariage! Tu sais à quel point c'est frustrant? »Avery a signalé au barman que son verre était vide, et elle en a rapidement reçu un nouveau. Est-ce que ça vous donne envie de le récupérer, ou quoi ? me suffisait pour durer toute une vie. "Cela fait cinq ans depuis le jour où il a écrasé mes espoirs et mes ambitions, et il semble qu'il ne peut toujours pas lâcher prise. Il semble que vous ne pouvez pas lâcher prise non plus", a déclaré le barman comme il posa la recharge. Elle baissa la tête et remua sa boisson dans ses paumes. Incrédule, elle raconta son histoire au barman comme si elle était alcoolique. Cependant, j'en ai tiré un certain soulagement. J'ai consacré la plus grande partie de ma vie à cette seule personne. J'ai eu des sentiments pour lui pendant longtemps, mais il m'a finalement chassé. Puis j'ai décidé de partir. Honnêtement, je n'ai même pas pensé à faire demi-tour. Même si vous le niez, ce qu'il vous a fait pique même si c'était difficile pour vous. Cela vous dérange-t-il si je propose quelques suggestions ? "Je veux dire, pourquoi diable pas ?", a-t-elle demandé en levant son verre avant de le vider. Vous ne devriez pas permettre à un gars comme lui d'avoir le pouvoir sur votre vie ou vos émotions parce que vous êtes encore jeune et que vous êtes merveilleusement magnifique. . Il semblait avoir fait cela depuis bien plus longtemps que ce qui était acceptable. Ne vous attardez pas sur le passé et commencez à vivre dans le présent. Après tout, c'est votre seule option. La logique de ses remarques lui a permis de s'endurcir à nouveau le cœur. Elle tendit son verre fraîchement rempli et dit : " commençant à la base de son cou et se terminant quelque part dans le haut de sa poitrine. Elle tendit la main et fit glisser ses mains le long de ses cuisses, son majeur planant juste au-dessus de ses seins, avant de tendre la main et de l'enfouir dans ses cheveux. Peu de temps s'écoula avant qu'elle ne se rende compte qu'elle était observée. Oui, elle avait attiré l'attention sur elle. Évidemment, tout le monde le veut. Cependant, ce n'était pas le cas. Beaucoup de réflexion avait été consacrée à cela, et cela se voyait. Elle pivota doucement sur la piste de danse, son regard balayant la foule jusqu'à ce qu'il se pose sur un seul individu. Quelqu'un se cachait dans l'ombre, assis tout seul sur son siège et la surveillant sans vergogne tout le temps. Elle était attirée par l'aura de mystère et de tristesse qui l'entourait. Le mystère l'a captivée, et elle veut plonger dans son ventre. Il s'est penché en avant, clairement satisfaite de ce qu'il a vu, et elle n'a pas pu s'empêcher de céder. Avery a continué sa danse sensuelle, mais cette fois, elle jouait pour lui seul. Elle a maintenu un contact visuel constant avec l'inconnu alors qu'il déplaçait librement ses mains sur son corps. La femme a accepté son invitation tordue à le rejoindre à sa table. Son cœur battait la chamade alors qu'elle marchait vers lui. Ses yeux noisette brillaient à travers le fin savoir-faire incrusté de bijoux de son masque noir mat, même dans l'obscurité totale. Ses cheveux caramel étaient bien lissés en arrière et sa mâchoire était assez pointue pour couper à travers une brique. alors qu'il tapotait le siège inoccupé à côté de lui. Y a-t-il une femme magnifique qui voudrait venir boire un verre avec moi ? "Une mare de chaleur s'est formée entre ses jambes alors que le faible grondement de sa voix se répercutait dans ses os. Il est difficile de penser qu'un gars mystérieux et magnifique comme vous n'a pas déjà eu de compagnie", a déclaré Avery en s'asseyant à côté de lui. .Quand il y a une chance que je rencontre quelqu'un d'aussi intéressant que toi, pourquoi devrais-je prendre la peine d'amener quelqu'un d'autre ? Il s'est approché d'elle et a dit : ". un long chemin. "Dis-moi juste ce dont tu as besoin. Pendant que ses mains s'attardaient sur sa cuisse, il demanda. Avery n'avait jamais eu une chimie aussi instantanée avec une autre personne, mais il y avait quelque chose chez l'inconnu qu'elle ne pouvait pas nier. Elle ne cherchait pas à sortir avec qui que ce soit, mais il était tout autre chose. C'était comme s'il avait une sorte d'enchantement qui lui faisait oublier le but de sa visite, et elle souhaita que cet effet dure pour toujours. Il jeta son bras autour d'elle et dit : « Tu es incroyablement belle. » Elle se sentit instantanément à l'aise grâce à la chaleur qui se dégageait de lui. C'était comme un baume pour son esprit troublé. Elle est devenue tellement absorbée par le moment qu'elle a cédé à son désir irrésistible de le toucher. Sa présence était exactement ce dont elle avait besoin à ce moment. La seule façon pour elle d'oublier ses problèmes était d'être avec lui. Il pourra peut-être l'aider à mettre le passé dans le passé. "Il lui a pris la main et l'a tenue contre son arbre massif et complètement dressé sans dire un mot ni hésiter. Avery a contemplé la sensation de le porter en elle et s'est mordu la lèvre inférieure. Au moment où elle a commencé à le toucher, il a laissé échapper un profond soupir. son ardeur était merveilleuse, et elle en redemande. Pourquoi ne m'embrasses-tu pas si c'est si agréable?" "Elle pressa ses lèvres contre les siennes et demanda avec force ce qu'elle voulait. Son énergie sexuelle la traversa par vagues, réveillant toutes ses terminaisons nerveuses. L'intensité de leur baiser augmenta rapidement. Elle céda volontiers à ses avances, tout ce qu'elle voulait, c'était se perdre dans ses bras, être capturée par un type dur et macho qui la ferait se soumettre. Ses doigts se déplaçaient lentement le long de sa cuisse nue et se blottissaient entre ses jambes. Jésus, souffla-t-il faiblement, fut sa seule réponse. Tu es tellement mouillé que ça me fait mal. Tu trouves ça attirant ? » La fille lui chuchota des mots doux à l'oreille. Entre ses lèvres lisses, ses doigts caressèrent rapidement et fermement. Elle verrouilla fermement ses cuisses autour de ses doigts pour pression, vagues d'extase traversant son corps. Il n'était pas nécessaire de lui répéter.Après qu'Avery eut défait son pantalon, elle enroula ses doigts fins autour de sa bite douloureuse. gorge. L'homme était trempé. A quoi la question "Est-ce pour moi ?" elle se retira pour croiser son regard. « Dieu... Jusqu'à présent, personne ne m'avait jamais frappé aussi fort. plus haut que son derrière. Elle se laissa tomber sur l'étranger fringant, retenant son souffle tout le temps. Jusqu'à ce qu'elle soit écartée, elle regarda la longueur de sa bite, puis leurs os pubiens s'embrassèrent de la manière la plus alléchante imaginable. Pendant un bref moment, elle fut complètement absorbée par lui, comme elle l'avait espéré, et elle oublia complètement Douglas. Elle était complètement concentrée sur l'homme mystérieux dans le noir qui était niché entre ses jambes. Ses mains se promenèrent sur elle, déclenchant une vague de frissons qui la parcourut. Il gémit en attrapant son cul serré et ils changeaient de position. Il pressa son souffle contre son oreille alors qu'il avançait plus loin en elle, pensant en lui-même : "Tu es le genre de femme dont tout homme rêve." Avery s'arrêta un instant. après avoir fermé les yeux et poussé un grand cri. Elle était consciente que tous les hommes avaient fantasmé sur elle, mais elle n'arrivait tout simplement pas à attirer « celui-là ». Elle avait besoin de quelqu'un qui l'apprécierait pour plus que sa richesse. Il serait le genre de gars qui lui donnerait tout sans rien demander en retour. Celle qui pouvait lui rendre son affection en nature. Puisqu'elle était bien consciente qu'un tel homme n'existait pas, le concept même de lui lui causait de l'irritation. Elle secoua ses hanches et dit : " La liberté de relâcher la discipline stricte qu'elle se sentait obligée de maintenir quotidiennement. Même si ce n'était qu'un inconnu qui la baisait dans un club, elle avait juste besoin de quelqu'un d'autre pour s'occuper des choses pendant une minute. Même si cela n'a duré que peu de temps. Elle a haleté, "Oh mon Dieu, ouais." Alors qu'il l'a heurtée par derrière, elle a vu des étoiles passer devant ses phares. Après cela, il a répété l'action. Aussi, une fois de plus. Elle mordit sa paume pour réprimer les sanglots de pur bonheur qui la remplissaient jusqu'à l'éclatement. Ses jambes commencèrent à trembler et du jus coulait dessus. Son clitoris a commencé à palpiter alors que l'excitation s'enroulait autour d'elle. Continuez. Une main tendue autour et, avec deux doigts, il caressa son clitoris comme s'il le lisait comme un livre. Immédiatement, la tension qui s'y était accumulée a commencé à se relâcher. Cependant, il n'a jamais ralenti son élan vers l'avant. Comme si sa vie en dépendait, il s'enfonça imprudemment en elle. Il murmura alors qu'il enfonçait ses crocs dans son épaule : "Je vais te faire jouir si fort." Elle la pressa contre lui et balança son bras. retour autour de son cou. Plus profond. Elle lui a demandé de sonder davantage. J'ai décidé d'accepter son offre de tout. Alors qu'elle gémissait, il la pressait encore plus. Ils avaient tous deux atteint le point de non-retour et continuaient malgré tout. Entre ses doigts finement opérés, il se coinça entre ses genoux, tandis que l'autre main agrippait sa hanche. Il se leva et lui gifla durement le cul d'une main tout en la poussant le visage dans le cuir pelucheux de la cabine avec l'autre. Ses défenses se durcirent autour de son scrotum et elle sentit sa force vitale s'épuiser rapidement. Mon Dieu, elle le voulait. Il avait besoin de la pousser pour qu'elle puisse se perdre dans l'instant. Son corps aspirait à la sensation, quelque chose qu'elle n'avait pas eu depuis longtemps. Cela résonnait dans le silence du club alors qu'il la frappait à nouveau. Ses jambes tremblantes étaient sur le point de céder sous elle. genre de chose? Et puis il l'a frappée à nouveau, enfonçant tout son corps en elle, cette fois se déplaçant beaucoup plus rapidement. Elle sentit son collant devenir chaud et son souffle se précipiter. Elle sentit également sa proximité avec elle. , « Finis-moi » alors qu'elle tendait la main et glissait ses doigts dans ses cheveux épais et noirs. "Dieu, je veux tellement que tu me tues." Embrassé dans le noir, leurs corps en sueur s'accrochaient l'un à l'autre alors qu'ils attendaient que cette douce libération les domine. Il lui arracha l'oreille. Il soupira et serra son clitoris entre ses doigts en disant: "Oh mon Dieu, je jouis." Alors que les vagues de son apogée la traversaient, Avery se mordit la lèvre mais ne put étouffer le hurlement étranglé qui lui déchira la gorge. La tension avait maintenant disparu et il était capable de déchaîner toute sa fureur sexuelle sur elle. Il lâcha son clitoris et passa à une caresse rapide pour qu'elle puisse le chevaucher. « Oh. Merde. Ahhhhh ! "L'inconnu a secoué et tremblé jusqu'à l'orgasme, l'enfonçant jusqu'à ce que chaque dernière goutte de lui soit dépensée. son souffle. Après avoir refermé la fermeture éclair de son pantalon, il s'assit à côté d'elle et elle l'observa. Passant un doigt timide le long de sa cuisse humide, il recueillit ses sécrétions et, fixant son regard sur le sien, en attira la saveur dans ses lèvres. Même si elle était complètement épuisée, elle se sentait fantastique. Ses inquiétudes avaient disparu et elle ne se souvenait plus de ce qui l'avait dérangée auparavant. Alors que ses poumons luttaient pour reprendre son souffle, elle regarda dans ses yeux hypnotiques. Elle était dans un état de pur bonheur, mais elle voyait toujours l'expression fugace dans ces yeux noisette. Alors que ses poumons luttaient pour reprendre son souffle, elle regarda dans ses yeux hypnotiques. Elle était dans un état de pur bonheur, mais elle voyait toujours l'expression fugace dans ces yeux noisette. Alors que ses poumons luttaient pour reprendre son souffle, elle regarda dans ses yeux hypnotiques. Elle était dans un état de pur bonheur, mais elle voyait toujours l'expression fugace dans ces yeux noisette.

Chapitre 2 - Une grossesse inattendue

Tristan vit Avery retourner dans son bureau et se rendit compte qu'elle semblait préoccupée. Il pensa qu'il serait sage d'essayer de la distraire de ses soucis, alors il passa une autre commande dans son café préféré. Pendant qu'elle était au téléphone, il l'étudia depuis sa position inclinée. Il ne se sentait pas mal à l'idée d'écouter depuis que sa porte était ouverte. L'appelant a dit: "Hé, maman, pourrais-tu attraper papa et en faire une conférence téléphonique? "Je dois vous dire quelque chose à tous les deux", a déclaré Avery. Naturellement, ma chérie . Peut-être qu'un chat vidéo serait mieux ? Mme Blanc a dit : "Nous ne vous avons pas vu depuis des lustres. Au lieu de cela, "Laissez-moi juste attraper papa, et je vais-" "Tu travailles constamment", a déclaré sa mère. . Nous ne pouvons jamais compter sur vous pour passer du temps avec nous. Pendant un moment, Avery n'a rien dit. Ils seront ravis de la nouvelle, se dit-elle. Mais elle comprenait aussi que les plans se déroulaient rarement aussi bien qu'on l'espérait. Sa mère insistait vraiment et elle n'avait pas envie de défier son père à un concours de regards. Avec un profond soupir, elle laissa échapper sa frustration. "C'est cool, maman. Dans une heure, je t'appellerai. Mme Blanc a répondu : "Mais tu appelles maintenant." la faire agir ensemble s"ils devaient passer à la vidéo. Par conséquent, elle devrait se préparer mentalement aux conséquences probables. Avery tambourinait son stylo sur le bureau alors qu"elle réfléchissait à la ligne d"ouverture parfaite pour son discours. Elle a présenté les preuves, a examiné les inconvénients potentiels et a conçu des réponses aux objections possibles de son père. Chaque minute qui passait était comme une seconde, et elle a utilisé ce temps pour se motiver encore plus. Tristan ne savait pas comment interpréter les actions d'Avery puisqu'il ne l'avait jamais vue se comporter de cette façon auparavant. Elle était irrationnellement agitée, faisant les cent pas devant son bureau et marmonnant pour elle-même. « Avery ? Après avoir placé la commande sur son bureau, Tristan s'enquit. Y a-t-il quelque chose qui ne va pas ? Soudain, elle s'arrêta, se retourna et le regarda. Oui, bien sûr, pourquoi ne le serait-il pas ? Et qu'est-ce que c'est que toute la nourriture que tu continues de me donner ? Après ça, il laissa échapper un petit rire narquois. Il a souri et a répondu : « Ça te calme. » Elle a roulé des yeux, mais elle a tout de même dévoré le muffin. Oh, mon Dieu, il avait tellement raison. Elle se considérait comme une personne aux multiples facettes, mais lorsque ses émotions étaient fortes, rien ne pouvait les apaiser comme ses aliments réconfortants préférés. Allez-vous m'expliquer pourquoi vous n'arrêtez pas de vous disputer et d'aller et venir tout le temps ? Tristan croisa les doigts à son bureau. Je suis là si tu veux parler de tout ce qui te dérange. Avery rit sarcastiquement en époussetant les miettes de sa chemise. "Tu sais, Tristan, les frontières ne sont pas seulement là pour que nous puissions faire la distinction entre les pays." Désolé de vous interrompre. avec une expression perplexe sur son visage, il a demandé. "Comment vais-je avoir du temps seul pour réfléchir avec toi et ma mère?" L'orateur a bégayé, "Euh ... ta mère? En gros, elle avait trop prolongé son accueil. Toute cette affaire de confrontation avec son père... Elle en était bouleversée. Il s'est levé et s'est excusé auprès de Mlle Blanc en disant : " Mademoiselle Blanc, Dans une déclaration directe et sans excuse, elle a dit à ses parents : « Maman, papa, je suis enceinte. » Alors qu'un halètement lui échappait, Mme Blanc l'étouffa, mais M. Blanc ne montra aucune émotion. Il était assis là, fixant sa fille avec une expression calculatrice sur le visage. Avery fixa son père, le mettant au défi de lui poser des questions. C'était sa mère, cependant, qui s'occupait le plus de la communication. Demander : "Qui est le père ? Personne ici ne savait que vous sortiez ensemble. Je meurs d'envie de le rencontrer, mais quand puis-je m'attendre à ce que cela se produise ? Lorsqu'on lui a demandé comment il se sentait à l'idée de faire partie de notre famille, il a dit: "Comment se sent-il?" "Uhm ..." Le masque d'Avery s'est fissuré momentanément, mais elle l'a couvert rapidement. Quant à la paternité de cet enfant, je n'en ai aucune idée. Mais ce n'est pas la question. Ce qui compte vraiment - "Avery a sauté sur le coup de M. Blanc sur le bureau. "Qu'est-ce qui ne va pas avec toi, Avery ? Nous n'accepterons pas que tu sortes et que tu couches tout le temps avec des gars au hasard. J'attends plus de toi en tant que successeur de notre royaume que ça. Comme dans, "Ce n'est pas comme ça!" En conséquence, Avery a perdu son sang-froid. Je refuse d'avoir des relations sexuelles avec un certain nombre de gars. M. Blanc a croisé les bras sur sa poitrine et s'est assis sur sa chaise. C'était arrivé. Avery a fait une impression de papa en croisant les bras et en se penchant en arrière dans sa chaise. Elle le regarda à nouveau, toujours aussi inflexible. : "C'est juste un peu surprenant. Avec le bébé, quels sont vos projets ? Avery a regardé sa mère avec une totale incrédulité. je vais le garder. Dans ce cas, peu importe qui est le père. Pourtant, c'est mon bébé, et quoi qu'il arrive, je l'adorerai.M. Blanc répète "Keeping it" avec un rire terrifiant. Quelqu'un pourrait demander : " Qu'est-ce que vous pensez que c'est, un feuilleton ?" ", vous deux", juste avant que le père de la jeune Blanc ne soit prêt à lui déchaîner l'enfer. "Crier l'un contre l'autre ne nous aidera pas à résoudre ce problème." demande d'autorisation pour cet appel. J'espère que je ne cause aucun problème en vous disant cela, mais... M. Blanc a dit : "Vous avez deux options dans cette situation. Soit impliquer votre conjoint dans votre actualité, ou interrompre la grossesse. A vous de décider. » Avery était sur le point de répondre avec colère, mais le téléphone a été coupé avant qu'elle ne le puisse. Elle regarda l'écran vide de son téléphone, se souvenant du regard rempli de rage de son père. son état mental justifie-t-il de telles questions ? Avait-il fait une dépression nerveuse depuis qu'elle l'avait vu pour la dernière fois ? Peu importe le temps passé, Avery ne pouvait toujours pas se résoudre à se lever de son bureau, même après que tout le monde dans le bureau avait depuis longtemps rentré à la maison. Elle n'arrêtait pas d'entendre les mots de son père dans son esprit. " Je suis dans un tel pétrin. " La femme enfouit son visage dans ses mains. "Avec l'aide de la poubelle, Avery s'est penchée en avant et a vidé le contenu de son estomac. C'était comme si Tristan l'avait espionnée tout le temps qu'il avait fait irruption dans son bureau. L'homme s'agenouilla à côté d'elle à son bureau et plaça un verre d'eau fraîche devant elle. Tandis qu'elle toussait, il plaça ses cheveux derrière son oreille et lui caressa doucement le dos. C'est bon, me rassure-t-il. En d'autres termes, "Tout ira bien." Épuisée, elle s'essuya les lèvres avec le dos de sa paume et s'affaissa sur sa chaise. « Au diable les nausées matinales. » Il leva la tête et la fixa, l'horreur évidente sur son visage. « Bonjour, quoi de neuf ? » Son secrétaire était un homme très gentil. Toujours prêt à faire un effort supplémentaire pour l'aider. Avery eut soudain une pensée alors qu'il la regardait avec cette expression sur son visage. Pour une fois, tout allait en sa faveur, et la poussée d'adrénaline l'a fait s'asseoir sur sa chaise. Tristan, chéri, précieux, Tristan... Tout va bien, Miss Blanc ? demanda-t-il nerveusement. Elle se sentit coupable pendant une fraction de seconde, mais le sentiment passa rapidement. C'était l'insistance de son père pour qu'elle passe par là. Elle avait été piégée par sa décision. Je vais avoir besoin de votre aide, et vous savez que j'ai promis de venir à vous dans le passé quand j'ai dit cela. Il s'est éloigné d'elle, clairement gêné par son intrusion dans son lieu de travail. Simplement en étant si près d'elle. La contactant... Il murmura doucement, « Je me souviens », et il ne la quitta pas des yeux. Elle expira et se pencha en avant, s'appuyant sur ses coudes et ses genoux. À quoi Tristan a répondu: "Eh bien, je demande." Tristan... Tout va bien, Mlle Blanc ? demanda-t-il nerveusement. Elle se sentit coupable pendant une fraction de seconde, mais le sentiment passa rapidement. C'était l'insistance de son père pour qu'elle passe par là. Elle avait été piégée par sa décision. Je vais avoir besoin de votre aide, et vous savez que j'ai promis de venir à vous dans le passé quand j'ai dit cela. Il s'est éloigné d'elle, clairement gêné par son intrusion dans son lieu de travail. Simplement en étant si près d'elle. La contactant... Il murmura doucement, « Je me souviens », et il ne la quitta pas des yeux. Elle expira et se pencha en avant, s'appuyant sur ses coudes et ses genoux. À quoi Tristan a répondu: "Eh bien, je demande." Tristan... Tout va bien, Mlle Blanc ? demanda-t-il nerveusement. Elle se sentit coupable pendant une fraction de seconde, mais le sentiment passa rapidement. C'était l'insistance de son père pour qu'elle passe par là. Elle avait été piégée par sa décision. Je vais avoir besoin de votre aide, et vous savez que j'ai promis de venir à vous dans le passé quand j'ai dit cela. Il s'est éloigné d'elle, clairement gêné par son intrusion dans son lieu de travail. Simplement en étant si près d'elle. La contactant... Il murmura doucement, « Je me souviens », et il ne la quitta pas des yeux. Elle expira et se pencha en avant, s'appuyant sur ses coudes et ses genoux. À quoi Tristan a répondu: "Eh bien, je demande." C'était l'insistance de son père pour qu'elle passe par là. Elle avait été piégée par sa décision. Je vais avoir besoin de votre aide, et vous savez que j'ai promis de venir à vous dans le passé quand j'ai dit cela. Il s'est éloigné d'elle, clairement gêné par son intrusion dans son lieu de travail. Simplement en étant si près d'elle. La contactant... Il murmura doucement, « Je me souviens », et il ne la quitta pas des yeux. Elle expira et se pencha en avant, s'appuyant sur ses coudes et ses genoux. À quoi Tristan a répondu: "Eh bien, je demande." C'était l'insistance de son père pour qu'elle passe par là. Elle avait été piégée par sa décision. Je vais avoir besoin de votre aide, et vous savez que j'ai promis de venir à vous dans le passé quand j'ai dit cela. Il s'est éloigné d'elle, clairement gêné par son intrusion dans son lieu de travail. Simplement en étant si près d'elle. La contactant... Il murmura doucement, « Je me souviens », et il ne la quitta pas des yeux. Elle expira et se pencha en avant, s'appuyant sur ses coudes et ses genoux. À quoi Tristan a répondu: "Eh bien, je demande." manifestement embarrassée par son intrusion dans son lieu de travail. Simplement en étant si près d'elle. La contactant... Il murmura doucement, « Je me souviens », et il ne la quitta pas des yeux. Elle expira et se pencha en avant, s'appuyant sur ses coudes et ses genoux. À quoi Tristan a répondu: "Eh bien, je demande." manifestement embarrassée par son intrusion dans son lieu de travail. Simplement en étant si près d'elle. La contactant... Il murmura doucement, « Je me souviens », et il ne la quitta pas des yeux. Elle expira et se pencha en avant, s'appuyant sur ses coudes et ses genoux. À quoi Tristan a répondu: "Eh bien, je demande."

Chapitre 3 - L'accord

Peux-tu le croire? Se répéter pour la centième fois, demanda Tristan. Je n'avais aucune idée que tu sortais ensemble. Avery a dit "Oh, ouais", avant de l'aider à se lever. "Il y a quelques mois, j'ai eu une aventure d'un soir." L'orateur a haleté, "Qu-attendez, quoi?" Ses orbes de vision étaient d'énormes soucoupes bombées au sommet de son crâne. Elle trouvait cela plutôt humoristique, honnêtement. "Tu me regardes comme si j'avais trois têtes", a-t-elle plaisanté. Mais les individus se livrent souvent à de tels comportements, Tristan. Être adulte et avoir cette liberté est la moitié de la joie. Il est évident que ce n'est pas ce que j'avais en tête. Mais- » « Arrête de bégayer et dis-moi maintenant... » Avez-vous l'intention de le faire ?

Que diriez-vous d'agir comme si nous étions fiancés et que vous portiez mon bébé ? Pour exprimer son choc continu, il secoua doucement la tête. "Pourquoi? Pourquoi moi ? » Avery laissa échapper un long soupir. C'est pourquoi : « Je crois en toi. » Elle attendit d'autres demandes de renseignements, mais lorsqu'il ne vint pas, elle répondit : « Je garde ce gamin, et dans l'ordre pour apaiser mon cher père, je vais avoir besoin que tu fasses quelque chose pour moi. " Tristan s'assit à son bureau et attendit. un signe de tête, elle a confirmé mon interprétation. Sans conjoint à proprement parler, il ne reconnaîtra pas mon enfant comme le successeur de Blanc Holdings. Elle lui a donné un léger coup de coude. frotta la nuque et expira profondément. La demande n'est pas aussi sérieuse que "Jésus, ce n'est pas comme si je te demandais un rein par ici." Tristan laissa échapper un grognement, et la tension dans ses épaules s'est estompée. C'est juste que..." "Je sais, j'ai juste..." Pour être honnête, je ne pensais pas-"Toi et moi disons tous les deux, "Ouais. J'ai toujours voulu avoir ma propre famille, et Tristan est mon dernier, meilleur espoir. Avec de l'anticipation dans ses yeux, elle le fixa. "Alors...? La question est, "Qu'est-ce que tu en penses?" sa question sans réponse. Avery a senti que sa chance était épuisée quand un million de pensées ont clignoté derrière ses yeux. Finalement, il a répondu: "D'accord, je vais le faire." mais elle s'est vite ressaisie. Tu le feras, je veux dire. "Oh mon Dieu, c'est fantastique !" Ce à quoi j'ai répondu : "Vous semblez étonné", ce à quoi il a ri. Lorsqu'on lui a demandé : " Comment se fait-il ? » Je m'arrête et dis : « Je ne sais pas. Ce n'est pas grave, j'ai été surpris par votre réponse affirmative. Elle s'est retournée vers Tristan, toujours émerveillée à l'idée qu'il risquerait tout pour elle. Il lui a souri et lui a tendu la main. Elle s'est laissée tirer sur ses pieds quand elle a momentanément cédé et a mis sa main dans la sienne. Merci beaucoup, je ne sais vraiment pas ce que je ferais sans toi. Tristan bougea brusquement et plaqua Avery contre le bureau, la faisant taire. . Il posa ses mains de chaque côté d'elle, ne laissant que quelques centimètres d'espace entre elles, et la maintint. vrai fiancé ?" avant de frotter son corps contre le sien de manière suggestive. Ses lèvres se contractèrent, mais elle ne trouva pas les bons mots à dire. Elle appréciait sa franchise, pas à cause de ça. Sa poitrine se serra, son pouls s'accéléra et une bouffée d'air sortit de ses poumons. Curieusement, elle ressentait la même chose que la nuit où elle avait rencontré l'inconnu pour la première fois. Son secrétaire, Tristan, suscitait en elle un fort désir sexuel. elle était certaine qu'elle ne reverrait plus jamais." « Je plaisantais, alors calme-toi. » Cela ne la dérangeait même pas que son regard dévore tout son être. Le renflement indubitable sur le devant de son jean. Elle a su pour son amour de chiot dès le début. C'était attachant, et elle n'y voyait aucun mal. Cette fois, cependant... Elle s'éloigna de son bureau et dit : « Ça pourrait vraiment être une bonne idée que tu te comportes comme un véritable fiancé. "Avoir des témoins qui peuvent corroborer nos affirmations donnera de la crédibilité à notre récit. la faisant se sentir mieux de l'avoir avec elle. Entre deux bouchées d'œufs brouillés, Avery jaillit : « Vous êtes un chef formidable. » Un haussement d'épaules de Tristan, et il sirota son café. Un baccalauréat est inestimable. Lorsqu'on lui a demandé : "Pourquoi êtes-vous toujours célibataire ? Par exemple, vous êtes attirant, vous réussissez dans votre carrière, etc. Vous devez avoir un essaim de fangirls qui suivent chacun de vos mouvements. Une fois qu'elle a réalisé l'intimité nature de son enquête, elle s'est rapidement détournée de lui et est revenue à sa nourriture. Je ne le vois pas de cette façon. Il a finalement dit : "J'attendais que la femme idéale vole mon cœur." Cela m'incite à dire : "Ce qui me rappelle-" Elle leva les yeux juste à temps pour le voir sortir une petite boîte noire de sa poche. "Qu'est-ce que tu fais, Tristan?" bague. La taille d'Avery était parfaite pour la bague, qui était en or rose et comprenait un seul rubis rond. "Quoi, tu ne dis pas?" *** Alors qu'ils approchaient de la maison de ses parents, Avery vit que le porche était déjà installé pour le thé de l'après-midi. M. et Mme Blanc sont assis à table dans la lumière éclatante du matin, avec tous les accompagnements. Elle murmura un « Oh mon Dieu » dans sa barbe. Tristan sortit pour ouvrir la porte et la rassura : « Vous avez cette." Sur le porche, elle a présenté

Tristan Hayes à ses parents. AKA "Mon fiancé et le futur père de mon enfant." "Hayes... En référence à Hayes, Inc., je suppose. Demanda Mme Blanc. "Non, madame." Je n'ai pas eu cette chance. Tristan dit : « Je suis simplement un homme ordinaire qui travaille avec votre fille. » Il accepta sa main offerte et la serra fermement. M. Blanc n'a pas bougé du tout et Tristan a maladroitement déplacé son poids d'un pied sur l'autre. Vous nous avez menti en déclarant que vous ne saviez pas qui était le père. Les yeux de M. Blanc se plissèrent alors qu'il les examinait tous les deux. Avery s'assit en avant et lui lança un regard audacieux dans les yeux. Tristan vit qu'elle était tendue, alors il posa sa main sur son dos. Son corps se figea à son contact, mais elle cacha rapidement sa surprise en prenant sa main dans la sienne et s'assit. Elle se redressa et regarda son père dans les yeux. "Tu as raison, j'ai menti. Tu ne l'accepterais pas si tu découvrais que j'étais fiancé à ma secrétaire, donc je ne te l'ai pas dit. "J'ai des doutes." Même pendant qu'il parlait à Avery, il a maintenu un regard fixe sur le gars à ses côtés. Dites que vous savez qu'elle ne vous a pas obligé à faire cela uniquement pour éviter d'avoir à trouver un nouveau foyer pour ce jeune. Si tu veux me dire quoi que ce soit, tu dois me regarder dans les yeux. Il y eut un raidissement notable de la part d'Avery à côté de Tristan, mais ce dernier resta remarquablement calme. Une étreinte apaisante a précédé ses paroles. "Cela pourrait ressembler à ça, monsieur, mais c'est loin de la vérité", a-t-il dit. Je connais mieux votre fille que vous. Je sais qu'elle n'aime pas te rencontrer comme ça parce que tu lui fais peur. Tristan a avancé et son arrogance a atteint le même niveau que celle de M. Blanc. Désolé de vous interrompre. Blanc posa sa main sur l'épaule de son mari pour l'aider à rester calme. Nous vous invitons à y aller doucement.Cependant, Tristan n'en avait pas encore fini.Le thé que vous lui donnez la rend malade, c'est pourquoi elle le méprise. Elle aime beaucoup les muffins, mais je sais qu'elle préfère les sablés aux biscuits aux pépites de chocolat.M. Blanc se détendit dans son fauteuil, et Avery put voir qu'il était à la fois étonné et agréablement ravi par la bravoure de Tristan. Il appréciait cela puisque personne ne l'avait jamais confronté de cette manière auparavant. Aussi formidable que cela soit, cela ne change rien au fait que vous ne pouvez pas avoir l'enfant de Mme Blanc, remarqua-t-elle. C'est mal vu dans les cercles sociaux que nous fréquentons puisque vous n'êtes pas du même statut social. L'humeur d'Avery s'est enflammée et elle a tapé du poing sur le bureau. Son statut social n'a aucune importance pour moi, et ça ne devrait pas l'être pour vous non plus. C'est le père de votre futur petit-enfant et il m'aime vraiment. Des choses comme ça sont importantes pour moi, et elles devraient l'être pour vous aussi. Elle était confuse quant à sa motivation, mais l'effet du regard admiratif de Tristan sur elle était néanmoins agréable. À son grand soulagement, elle a eu l'occasion de le défendre pour changer. Après

toutes ces années où il était là chaque fois qu'elle avait besoin de lui, c'était le moins qu'elle puisse faire. " Mme Blanc a demandé à Avery de se calmer. Que cela vous plaise ou non, Avery a dit : " Vous vouliez un homme sur la photo, et l'homme de mon choix est Tristan. Je ne vais pas entendre un autre argument contre son maintien. Avery et Tristan sont repartis victorieux, mais alors qu'ils s'approchaient de son véhicule, son puissant front a commencé à vaciller. Elle comprenait les implications d'utiliser un tel ton avec ses parents, donc elle ne l'a jamais fait. Mais à la fin, elle était satisfaite puisqu'elle avait atteint son objectif. À cela, Tristan pivota pour lui faire face. Étant donné que nous sommes fiancés, ce serait peut-être une bonne idée pour nous deux de commencer à vivre ensemble. Êtes-vous prêt à envisager la possibilité?
donc elle ne l'a jamais fait. Mais à la fin, elle était satisfaite puisqu'elle avait atteint son objectif. À cela, Tristan pivota pour lui faire face. Étant donné que nous sommes fiancés, ce serait peut-être une bonne idée pour nous deux de commencer à vivre ensemble. Êtes-vous prêt à envisager la possibilité?
donc elle ne l'a jamais fait. Mais à la fin, elle était satisfaite puisqu'elle avait atteint son objectif. À cela, Tristan pivota pour lui faire face. Étant donné que nous sommes fiancés, ce serait peut-être une bonne idée pour nous deux de commencer à vivre ensemble. Êtes-vous prêt à envisager la possibilité?

Chapitre 4 - Emménager ensemble

Avons-nous fini avec ça maintenant?" Alors que Tristan entrait dans l'appartement d'Avery avec un gros paquet, Avery l'interrogea. Alors qu'il fermait la porte à coups de pied, il s'exclama: "Ouais, c'est ça." Puis il posa la boîte et prit une figurine en verre. de deux jeunes garçons de sa poche. Je n'ai besoin que d'une place pour ce petit gars », a-t-il répondu en la désignant. Qu'est-ce que c'est ? Avery l'a approché pour mieux le voir. Quand j'ai quitté la maison de mes parents pour la première fois, mon ami le plus proche m'a offert ça en cadeau. Quand il lui a donné la figurine, elle l'a regardée avec enthousiasme. Elle se dirigea vers une immense bibliothèque remplie de photographies encadrées et de nombreux objets de collection. Après avoir jeté un rapide coup d'œil à la figurine, elle l'a placée sur une étagère nue. Et voilà », a-t-elle déclaré triomphalement. Alors que Tristan feuilletait les photos, il a dit : « Wow. Quelque peu inhabituel pour quelqu'un comme vous d'avoir autant de photographies. Qu'est-ce qui a motivé une telle déclaration ? Lorsqu'il ne répondit pas immédiatement à sa question, elle se sentit mal à l'aise. Clairement, je comprends. C'est parce que dans ton esprit je suis une machine sans âme qui ne peut s'imaginer faire autre chose que travailler. Pour vous dire la vérité, je suis simplement le genre de personne qui n'aime pas parler de moi en public. Elle s'est retournée et est partie avant qu'il ne puisse terminer sa phrase. Cependant, il a souri à sa réponse car il savait qu'il avait de la chance. laisser entrer dans son monde. Il regarda les objets à côté des images et essaya d'en déduire leur signification. Il prit la rose morte à côté de la photo de sa mère et la fit tourner entre ses doigts. "Je n'en ai pas' Je ne veux pas qu'elle soit détruite puisqu'elle est unique." retour à son moi glacial habituel.Quelles sont ces choses ? » Demanda Tristan, son regard errant sur la bibliothèque.Avec une lueur contagieuse sur son visage, Avery lui dit : « Ce sont les artefacts que j'ai collectés pour me rappeler, à moi et à ma famille, les moments les plus heureux de notre vie. La rose, par exemple, fait partie du bouquet original que mon père a offert à ma mère lors de leur premier rendez-vous. Quand mes parents ont adopté Victorine, la première chose que j'ai faite a été de lui donner l'ours en peluche. Avery s'est approché de la peluche. Elle le regarda avec amour tout en le tenant dans ses mains et en le serrant doucement. Elle reposa l'ours une fois de plus et se dirigea vers un portrait de deux jeunes femmes. Avery caressa la chaîne dorée entre ses doigts et dit : "C'est ma part du meilleur collier d'amis pour toujours que j'ai commandé." La moitié restante appartient à Laurel. Elle l'a porté sans arrêt depuis que je le lui ai offert il y a quinze ans, pendant toute la durée de notre relation. Avery a reposé le collier avec un petit rire et s'est déplacé vers une étagère où il y avait un cadre mais pas d'image. Il n'y avait pas d'image, juste une citation : Souvenez-vous de vos adversaires, car ce sont eux qui construisent votre personnage. Une boîte à bagues contenant une superbe bague en diamant était affichée devant la citation. Avery ferma la boîte d'un coup, sa joie évidente alors qu'elle s'éloignait de l'étagère. Tristan était confus, mais elle s'assit sur le canapé comme si de rien n'était. Il a jeté un coup d'œil à l'exposition et a conclu que ses proches étaient très importants pour elle. Ses photographies chéries et autres souvenirs allaient à l'encontre de l'image qu'elle lui donnait. Elle ne semblait pas aussi distante qu'il l'avait supposé, ce qui lui fit se demander si nombre de ses hypothèses étaient incorrectes. Est-ce une bague pour une proposition ? Alors qu'il s'asseyait en face d'elle, Tristan s'enquit. « Ouais... Ce connard malheureux. Avery sourit alors qu'elle se levait et se dirigeait vers sa chambre. Une heure tardive est venue. Nous devons dormir un peu. La méfiance d'Avery vis-à-vis de Tristan a persisté et elle n'a fait aucun effort pour s'approcher trop près de lui. Elle s'est retrouvée plus à l'aise avec lui et a admis ses sentiments au fur et à mesure que leur temps ensemble progressait. Comme son influence sur elle était troublante, elle a décidé qu'il était prudent de maintenir une distance de sécurité. Tristan a été surpris par Avery. s réponse à sa requête. Il était troublé par le fait qu'elle riait de sa détresse. Alors qu'il faisait les cent pas devant la porte fermée de sa chambre, il formula mentalement un plan pour enfin l'approcher. Lorsqu'il l'a pressée pour des détails, il a été interrompu par le bruit de ses vomissements. Sans réfléchir à deux fois, il a ouvert la porte de sa chambre et l'a vue sangloter sur les toilettes. Bonjour, comment allez-vous ? Devant elle, il s'agenouilla. Il tenta de la réconforter en passant ses doigts dans ses cheveux. Elle le regarda avec des yeux larmoyants puis, à son grand étonnement, elle gloussa. À quoi le destinataire répond, "Oh mon Dieu, regarde-moi." En prenant une profonde inspiration, il pouvait voir la déception dans ses yeux. Après tout, je suis un dur à cuire, n'est-ce pas ? Même les durs à cuire ont des nausées matinales, a-t-il dit. Ouais, eh bien, Avery a eu du mal à se lever. Je peux' Je ne peux pas me permettre de montrer des signes de faiblesse en ce moment. Elle est devenue désorientée à un moment inopportun, et Tristan a rapidement bondi pour la rattraper. Il descendit en piqué et la souleva dans ses bras puissants, la portant jusqu'à son lit avant qu'elle ne puisse dire un mot. Elle prononça le mot "limites", mais sa voix semblait plus lasse que menaçante. Oui peut importe." Il la prit par la main et la conduisit dans sa chambre, où il la déposa tendrement sur le lit. « Détendez-vous un moment. » Murmura-t-elle, « Je n'ai besoin de personne. De plus, "vous n'avez pas le droit de diriger mes actions." Cependant, même avec cela, il était évident qu'elle avait perdu toute volonté de se battre. Son ouverture l'a ému au plus profond de lui-même et il a ressenti un tremblement dans sa résolution. Il s'est senti obligé de rester à ses côtés et de la protéger de tout danger. Puis, son engouement s'est transformé en quelque chose de plus, et il s'est retrouvé à souhaiter des choses auxquelles il n'avait pas beaucoup réfléchi auparavant. Avery regarda Tristan enlever doucement ses talons avec une combinaison de plaisir et d'incertitude sur son visage. Il a travaillé sur son corps, enlevant tout ce qu'il jugeait superflu. Quand il eut fini, il alla dans le placard de sa chambre pour lui choisir quelque chose de plus relaxant à porter. Pendant qu'Avery se changeait, Tristan lui versa du thé et une compresse froide. Il se déshabilla et retourna dans la chambre d'Avery. Il lui apporta le thé après qu'elle fut au lit, et il hésita à repartir. Quand il s'assit à côté d'elle, elle se retourna brusquement pour le regarder. Tristan caressa la compresse fraîche sur son front et elle ferma les yeux dans une joie absolue. Sa réponse l'excita émotionnellement et physiquement, alors il passa la serviette sur tout son visage et son cou. « Tu te sens un peu mieux maintenant ? » demanda Tristan, l'incitant à se mettre debout. Avery attrapa sa chemise et le traîna à terre. Vous n'avez pas à passer par tous ces ennuis. Nous jouons simplement à un jeu; Je suis enceinte, pas en train de mourir. Le message dans ses yeux contredit ce qu'elle disait, le brisant jusqu'au plus profond de lui-même. Même s'il le voulait, il ne pourrait pas ignorer ses supplications à voix basse. Il accepta et s'assit à côté d'elle. Cette mascarade dans laquelle nous nous engageons n'implique pas que je me fiche de toi, cependant. Que vous soyez malade, seul ou que vous vouliez simplement un moment de calme pour vous, je serai là. Il a été surpris quand Avery s'est rapproché de lui, et il s'est retrouvé obligé de tendre la main et de la toucher. Le sens de l'exposition d'Avery était sans précédent. Ses commentaires l'ont non seulement prise au dépourvu, mais ils ont également ravivé une partie d'elle qu'elle avait depuis longtemps abandonné l'espoir de faire revivre. Il a fait pour elle quelque chose que personne d'autre n'a fait depuis qu'elle était adolescente : il l'a fait se sentir aimée et valorisée. De plus, il lui a procuré un réconfort sans précédent. Elle a décidé de profiter de l'occasion car c'était exactement ce dont elle avait besoin à ce moment-là. Avery, qui t'a blessé si gravement ? « Resserre ta prise », insista Tristan, et il le fit. Avery répondit avec irritation dans sa voix : « Personne ne m'a blessée », et elle lui tourna le dos. Tristan étendit son corps et soupira. Il pouvait ' Je ne comprenais pas pourquoi Avery ne voulait pas se confier à lui, mais ensuite il s'est rappelé qu'il avait ses propres secrets. Il a estimé que cela ne valait pas la peine de risquer sa relation avec elle. Je m'excuse. Je m'excuse si je vous ai offensé. Simplement en faisant courir ses doigts sur son dos, il réussit à la calmer. Avery lui fit face une fois de plus, et son sourire était chaleureux et attachant. Il n'y a rien de mal avec moi, et je ne suis pas brisé non plus, alors ne t'inquiète pas pour moi, Tristan. Je ne veux pas qu'un gars entre dans ma vie et tente de réparer les choses qui sont OK telles qu'elles sont. Je n'essaie pas de vous rendre meilleur. Tristan lui a fait signe de l'embrasser et lui a dit: "Tu es déjà parfaite et quiconque tente de te modifier est un imbécile aux proportions épiques." Les deux se sont fait rire et Avery est retournée là où elle était. Elle s'endormit rapidement pendant que Tristan s'occupait de ses cheveux. Il a débattu de rester, mais a finalement décidé d'y aller. Alors qu'Avery dormait profondément, Tristan était fasciné par sa beauté. Il vit l'expansion et la contraction de sa poitrine alors qu'elle respirait. Son adorable sourire, comme si elle vivait le rêve le plus merveilleux, se forma sur ses lèvres. Il gémit comme un chiot amoureux et dit doucement : « Tristan Hayes, tu es le plus grand crétin de la terre. On pourrait raisonnablement demander : « Comment as-tu pu être assez naïf pour tomber amoureux d'une femme comme elle ? » Il s'est figé quand Avery a mis son bras sur sa poitrine. Après des mois à vouloir être si près d'elle, c'était incroyable d'être enfin là. Il a essayé de l'apprécier, mais il n'a tout simplement pas pu le faire. Vous vous êtes engagé à quelque chose, et maintenant vous devez le mener à bien. Les béguins et les intérêts romantiques peuvent être des détours assez dangereux qui vous font perdre la concentration. Il l'a déclaré dans un murmure fort: "Vous devez quitter cette obsession et vous concentrer sur le travail à accomplir. La prise plus serrée d'Avery l'a effectivement fait taire. *** Avery et Tristan sont allés ensemble à Blanc Holdings le lendemain matin. En passant devant le bureau de Tristan , Avery dit tranquillement : « Vous n'êtes pas obligé de m'accompagner jusqu'à mon bureau. » Il dit innocemment : « Pourquoi pas ? » Puisque le bouche à oreille est inévitable. « Ils nous ont déjà vus arriver dans le même véhicule et marcher S'ils voulaient parler, ils en parleraient. " Ils se sont approchés de sa porte et il a mis une paume près de sa tête, la fermant essentiellement. " Les gens regardent ", marmonna-t-elle en se glissant sous son bras. et se précipita dans son bureau. Tristan s'appuya une seconde contre sa porte et il ne put s'empêcher de sourire. Il lui a fallu une minute pour reprendre ses esprits et il a grommelé en s'éloignant de la porte et en retournant à son bureau. « Alors, est-ce que vous et la patronne vous entendez vraiment bien ? s'enquit Cam en s'asseyant sur le bureau de Tristan. Son audace l'étonna, et il ne sut que répondre. Il se rendit au bureau d'Avery et la vit debout devant sa grande porte vitrée, les bras croisés sur sa poitrine. Elle l'observait, et il trouva cela un peu énervant. D'être préoccupé par d'autres choses en ce moment. Il désigna les piles de papiers qui s'étaient accumulées sur son bureau. Trouvez quelque chose ou quelqu'un d'autre pour occuper votre temps. Ou, mieux encore, "faites ce que vous êtes censé faire". Cam haussa un sourcil face à son apparente irritation mais s'abstint de commenter la question. Elle sortit de son chemin et le laissa faire son travail sans résister. Tristan se retourna pour regarder à nouveau Avery, mais elle était déjà partie. *** Après une autre réunion, Avery retournait à son bureau quand elle entendit des des collègues féminines qui rient dans la salle de pause. Croyez-vous qu'il y a quelque chose de plus entre Tristan et Avery ? l'une des femmes s'est enquise.La réponse est probablement non. "Avery ne fait pas de relations", ce qui signifie qu'elle ne s'y engage pas. Je vis ici depuis quatre ans et je n'ai jamais vu un seul homme. Je veux dire, même pas un ! Donc si Tristan croit qu'il a une chance, dit-elle, "il fait une terrible erreur." Peut-être qu'il n'a aucune chance avec elle, mais il en a une bonne avec moi. "J'ai le béguin pour lui depuis qu'il a commencé à travailler ici, et je crois qu'il est temps pour moi de bouger", a fait remarquer la première femme. à sa source de colère. Ni elle ni Tristan ne sortaient sérieusement ensemble. Elle n'aurait pas voulu ça, de toute façon. Je suis simplement ennuyé qu'ils entravent sa productivité. Elle s'est persuadée : « C'est tout ce dont j'ai besoin. ici que nous sommes au travail. Vos affaires dans ma vie privée ne vous concernent pas, et vice versa. Non, ce n'est pas un salon de coiffure, et je ne supporterai pas vos bouffonneries. L'argument d'Avery était évident, et il semblait que tout le monde l'avait entendu et compris. Vous pouvez venir me parler directement si vous avez des questions. De cette façon, au moins, la vérité vous sera révélée. Nous tiendrons une réunion disciplinaire si je surprends l'un d'entre vous en train de se relâcher ou de causer des problèmes à ses collègues à cause de cela. Croyez-moi sur parole ; vous ne serez pas satisfait des résultats. Avery est sortie de la salle de réunion confiante. Elle était certaine que sa menace mettrait fin aux rumeurs et découragerait les femmes de parler à Tristan. Elle se dirigeait vers le lieu de travail lorsqu'elle s'est soudainement sentie mal au ventre. Elle a couru dans les toilettes publiques les plus proches et a vomi. Elle est restée dans son cube après s'être essuyé la bouche parce qu'elle a entendu deux dames entrer dans le bâtiment. Il ne fait aucun doute qu'elle' le baise. L'un d'eux a dit, au grand dam d'Avery, "Cela ressortait clairement de la réunion et du fait qu'il recevait un traitement spécial." C'est évident que son employeur l'emploie toujours. Personne d'autre n'a duré aussi longtemps, donc cela doit impliquer qu'il la rend heureuse de plus d'une façon. L'impulsion de frapper l'un d'eux faisait trembler la main d'Avery, mais elle en avait une meilleure.

Chapitre 5 - Une étincelle

Alors qu'Avery émergeait de son cube, les femelles se figèrent sous le choc. Dans le but d'atténuer ses nausées, elle se tourna vers eux après s'être aspergé le visage et la poitrine d'eau froide. dans quoi ils s'embarquaient en la suivant. Elle tira Tristan par l'épaule et les amena à son bureau. Tristan leva la tête et aperçut les quatre dames debout derrière elle. En un instant, il pivota sur son siège et alla sur le côté. Alors qu'elle s'asseyait sur son bureau, la jupe serrée d'Avery s'enroula autour de ses jambes musclées. Elle croisa une jambe sur l'autre et enroula ses doigts autour de son genou, ce qui fit légèrement remonter la jupe. Elle dominait les autres femmes en se penchant en avant et en les regardant fixement. Tristan prit une profonde inspiration alors que son regard s'attardait sur Avery, qui était tout à fait le patron attirant. Pour lui, la façon dont elle était assise était une érection immédiate. Son comportement lui donnait envie de s'écraser sur elle par derrière, la penchant sur son bureau. Tout le reste s'est estompé face à sa beauté éblouissante. Quel est le projet actuel du service marketing ? Avery a fait remarquer : "Ashley, tu travailles dans le marketing, donc tu devrais savoir", et tout le monde sur le lieu de travail a entendu ses paroles. Les collègues ont envahi le bureau de Tristan et n'ont fait aucune tentative pour dissimuler le fait qu'ils écoutaient. sourire alors que son plan s'est concrétisé, mais elle a maintenu son visage de pierre. "Uhm ... Ashley a détourné son regard et a répondu:" Je ne sais rien du projet. "Avec un hochement de tête, Avery a accepté. La crise financière ? "Jennifer, tout en ajustant nerveusement son chemisier. Rebecca baissa les yeux vers le sol et dit : « Je ne sais rien de la campagne. » « Tristan ? Avery a demandé alors que ses yeux le captivaient. Il a pivoté sur sa chaise et lui a souri. "Nous venons de terminer la promotion du nouveau parfum, et il devrait être commercialisé mercredi prochain. depuis que le problème dans la division de la comptabilité a été résolu. De plus, nous avons élargi notre campagne publicitaire pour nos cinq nouveaux parfums pour inclure des publicités télévisées. Depuis que Tristan accomplit véritablement son travail au lieu de perdre du temps avec des bavardages inutiles, il a pu conserver son emploi aussi longtemps qu'il l'a fait. Prends ça comme un avertissement de faire un peu plus d'efforts et de réduire le bavardage. Avery se leva pour ajuster sa jupe puis fit face à Tristan. Il avait un large sourire sur son visage, et les sourcils d'Avery se haussèrent devant ses bouffonneries quelque peu puériles. Voyant qu'Avery allait se renseigner, Tristan récupéra rapidement les documents nécessaires pour sa prochaine rencontre et les lui remit. Il anticipait à nouveau son prochain mouvement, et cette fois, elle ne put s'empêcher d'être impressionnée. Elle répondit : « Merci », puis déglutit plusieurs fois pour rassembler ses pensées. Veuillez informer les ressources humaines et demandez-leur de planifier une réunion disciplinaire pour remédier aux mauvaises performances de ces employées. Avery s'est approchée de Tristan et lui a donné une petite tape dans le dos avec ses papiers avant d'entrer dans son bureau. Les pensées de Tristan l'empêchaient de se concentrer sur sa tâche. Elle jeta un coup d'œil à son bureau et vit qu'il était totalement absorbé par ce qu'il faisait là. Elle continua à le regarder, impuissante. La façon dont sa mâchoire ciselée s'est tendue et il mâchonnait son stylo en pensant... Lorsque la livraison est arrivée avec deux gros colis, il a été arraché de cette position délicieuse. Bien qu'Avery ait d'abord été agacée par l'interruption, son mécontentement s'est rapidement calmé. Lorsqu'il a ramassé les deux boîtes et les a portées à son bureau, une brise a soufflé à travers ses larges lèvres en raison de l'ondulation de ses biceps. Elle a imaginé à quoi il ressemblerait torse nu et ses fluides de chatte versés entre ses jambes.Expédition express. Tristan s'assit à son bureau avec les cartons dessus. Avery' L'attention de s était rivée alors qu'elle étudiait les muscles de sa poitrine et le contour de ses abdominaux qui sortaient de sous sa chemise. Elle se demanda si sa folie pouvait être attribuée à sa grossesse. Comment cela a-t-il pu arriver, de toute façon ? Il y avait cependant une chose qu'elle ne pouvait pas nier : son faux fiancé était magnifique. Bonjour, ma belle. Alors comment vas-tu? demanda-t-il en rapprochant son siège. Avery força un peu d'eau, mais ses envies persistèrent. Dire : "Merci, mais ça va. Je suis juste un peu irrité par l'incident qui s'est produit plus tôt." Pour paraphraser : "C'était tellement chaud." Tristan rejeta la tête en arrière, ferma les yeux et fit courir ses doigts sur sa poitrine. Ma fiancée est à la fois physiquement et mentalement intimidante, et je ne pourrais pas être plus heureuse. Est-ce une remarque coquette ? Essayant de cacher le fait qu'elle se sentait chaude et mal à l'aise, Avery lui tapa doucement le genou. Tristan haussa les épaules et lui sourit avec une intensité qui menaçait de faire fondre ses sous-vêtements. Il attrapa sa main alors qu'elle la rétractait et la tenait sur sa cuisse. Il rapprocha sa chaise plus près et la plaça entre ses genoux. Elle était tellement absorbée par le moment qu'elle ne vit pas que sa main remontait le long de sa jambe. Elle était tellement concentrée à le regarder qu'elle ne remarqua même pas qu'elle se mordait la lèvre. Aucun détail ne lui échappa cependant. Tristan se pencha et écarta ses cheveux, augmentant la tension entre eux. Le murmure de Tristan, "Les nouveaux échantillons viennent juste d'arriver," envoya un frisson d'excitation dans sa colonne vertébrale. "Puis-je attendre ici pendant que vous leur donnez un coup?" Le passage à tabac rapide d'Avery ' son cœur l'empêchait de respirer profondément. Malheureusement, je ne crois pas pouvoir m'en occuper maintenant. Tu sais, pourquoi ne pas leur donner une chance plus tard ? « Quand mes hormones ne me rendent pas folle. » Avez-vous l'impression de retomber malade ? Tristan baissa les yeux vers elle avec inquiétude alors qu'il plaçait ses mains sur son visage. Avery déglutit et s'éclaircit la gorge alors qu'elle combattait la tentation de crier. Juste un peu énervé, comme on dit. Après avoir ramassé les boîtes d'échantillons, Tristan a apporté à Avery un verre d'eau glacée. Je vais simplement les ranger pour le moment. Il lui fit un clin d'œil complice et quitta son bureau sans un mot, mais elle surveilla chacun de ses pas. Laisse-moi t'aider avec ça, »

Samantha se précipita vers lui avec enthousiasme. Avant qu'il ne puisse dire quoi que ce soit, elle attrapa le paquet, ce qui l'a quelque peu fâché. Depuis le début, Tristan s'était rendu compte qu'elle flirtait avec lui et il s'était efforcé de décliner gentiment ses avances. Malheureusement pour lui, elle ne semblait pas saisir son argumentation. Chaque refus lui donnait encore plus envie de réussir. Bien que d'abord amusante, la situation lui devint vite lassante. Maintenant qu'il avait eu une chance avec Avery, il n'allait pas la gâcher en servant de paillasson à Samantha. Je sors avec plusieurs dames pour boire un verre ce soir et j'espérais que tu pourrais venir. Après avoir demandé, Samantha s'est frottée contre lui. "J'ai bien peur que je ne puisse pas." Tristan ne faisait même pas l'effort d'être courtois à ce moment-là. En arrivant dans la réserve, il les laissa entrer. Il entra, posa la boîte sur le présentoir, puis prit celle que portait Samantha. "Oh non!" Alors que la porte se refermait, Samantha a dit. Immédiatement, Tristan a couru vers la porte et a tordu la poignée.

www.ingramcontent.com/pod-product-compliance
Lightning Source LLC
LaVergne TN
LVHW020527160826
845677LV00015B/3943

* 9 7 9 8 3 5 4 3 1 1 8 7 3 *